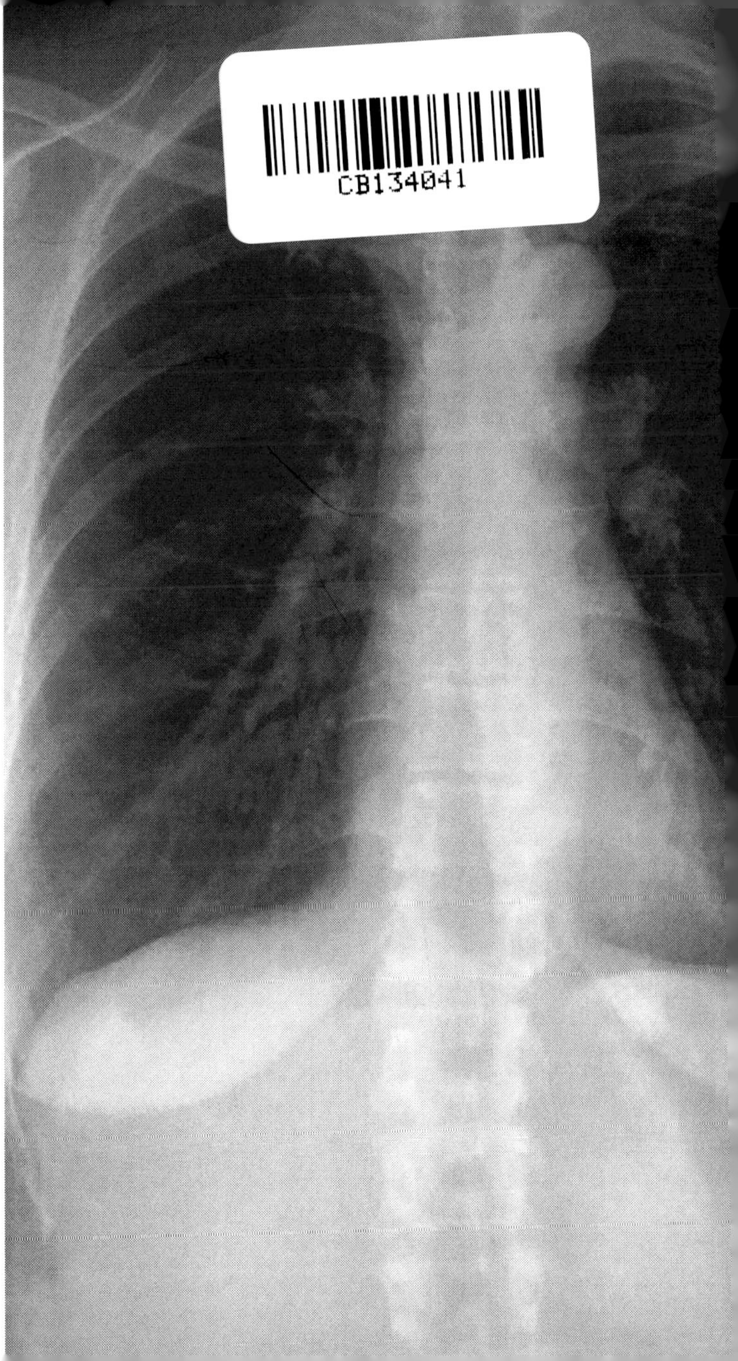

capa e rosto
Radiografia, tórax feminino

escritasperformáticas

Hidratação

Valeria
Campos

numa

1

Porque hidratar, perguntei à Claudine.

Claudine era cabeleireira. Excelente. Nesse dia, a nossa conversa versava entre as diferenças da hidratação capilar e das folhas de chá. Carqueja ou boldo. Qualquer folha. Essas são as minhas preferidas. Comentei que não deixava ninguém colocar as mãos na minha cabeça desde os oito anos de idade quando sofri um terrível acidente de carro na descida da serra e tive um tufo de cabelo decepado.

Triste.

Com os anos, me habituei a cobri-la ora com as mãos ora com um boné vermelho da guerrilha do Araguaia que o meu tio avó havia me presenteado no dia do meu aniversário. Há muitos anos.

O creme de cabelo do pote vermelho serve tanto para as raízes quanto para as pontas. Claudine aplica o produto ao massagear o meu couro cabeludo. Começo a espirrar de nervoso; não entendia as massagens que deslocavam a minha cabeça ora para um lado ora para o outro e também para os dois lados ao mesmo tempo. Talvez eu devesse falar de algum assunto mais interessante mas há anos que não tento me comunicar e na dúvida perguntei à Claudine se ela conhecia o Toni Tornado ou mesmo o Ted Boy Marino que ainda era famoso na Guatemala onde lutas de telecatch iam ao ar semanalmente. Ela não estava interessada, às cinco horas iria ao dr. Niemeyer levar as suas radiografias.

Mary Schelley

CLÍNICA SÃO BENTO

Rua Paulino Fernandes, 38 - Tel.:246-4100
DEPARTAMENTO DE ELECTROENCEFALOGRAFIA
DRS. ANTÔNIO CARLOS F. DE MELLO - FERNANDO POMPEU
CPF - 007.563.697 -- CPF - 002.473.167

1 - TÉCNICA

APARÊLHO: GRASS MODÊLO 6 — 8 CANAIS
DISPOSIÇÃO DE ELECTRÓDIOS: INTERNACIONAL
MONTAGENS: SISTEMA ORTOGONAL
TEMPO MÍNIMO DE REGISTRO: 22 MINUTOS
ATIVAÇÃO DE ROTINA: 3 MINUTOS DE HIPERPNÉIA COMANDADA

2 - DISPOSIÇÃO ESQUEMÁTICA DOS ELECTRÓDIOS:

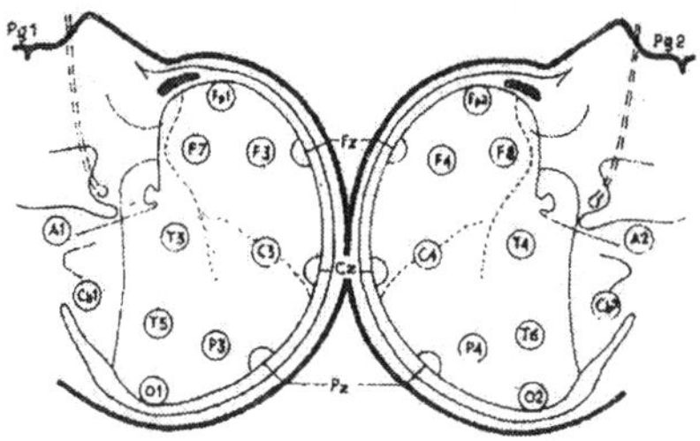

3 - MONTAGENS DE ROTINA:

CANAL	I	II	III	IV	V	VI	VII
1	Fp2 - F4	Fp2 - F8	F4 - C4	F8 - F4	T6 - P4	Cz - T4	F4 - C4
2	Fp1 - F3	Fp1 - F7	F3 - C3	F4 - Fz	P4 - Pz	T4 - T3	F3 - C3
3	F4 - C4	F8 - T4	C4 - P4	Fz - F3	Pz - P3	T3 - Cz	P4 - O2
4	F3 - C3	F7 - T3	C3 - P3	F3 - F7	P3 - T5	Pz - T6	P3 - O1
5	C4 - P4	T4 - T6	F8 - T4	T4 - C4	Fz - F8	T6 - T5	F8 - T4
6	C3 - P3	T3 - T5	F7 - T3	C4 - Cz	F8 - F7	T5 - Pz	F7 - T3
7	P4 - O2	T6 - O2	Fz - Cz	Cz - C3	F7 - Fz	F4 - F3	T4 - T6
8	P3 - O1	T5 - O1	Cz - Pz	C3 - T3	T4 - T3	C4 - C3	T3 - T5

4 - CALIBRAÇÃO E VELOCIDADES:

V1 = 1.5 cm/seg
V2 = 3.0 cm/seg
V3 = 6.0 cm/seg

G1 10 uV/mm
G2 7 uV/mm
G3 5 uV/mm

SEIOS RADIOGRÁFICOS

Na exposição havia uma mesa de luz onde coloquei os negativos. Na verdade, era um trilho de luz usado para trabalhos de montagem na Alemanha dos anos 80. Há seis meses o câncer nos seios de Chloé foi irreversível. Ela faleceu em um hospital em Berlim.

OZU

[nota e referência]

Ozu: I'm going to film the last fade out of the silent cinema. (Vou filmar o último fade out do cinema mudo).

Godard:

Kluge: O que você entende por amor cego?

Godard: Dizemos que o amor nos cega, i.e., amamos sem fazer perguntas. Na HISTÓRIA DO CINEMA, conto como nós (da NOUVELLE VAGUE) amávamos o cinema antes mesmo de conhecê-lo. Os filmes dos quais falávamos não estavam em distribuição, não podíamos vê-los. Amávamos esses filmes cegamente.

OZU

[natureza morta]

Os irmãos e irmãs da família Toda

Trabalhei, durante muitos anos, como modelo vivo. Esse trabalho me possibilitou uma profunda empatia com o tempo. Ficar sem me mexer e respirar eram atividades extremamente difíceis e perigosas.

Depois da excitação inicial de descoberta dos movimentos circulares no meu couro cabeludo passei um longo período jogando batalha naval com Claudine. Eu me sentava no banco entre o vaso esmaltado e o bule de café que ficavam ao lado da escada que subia para o primeiro platô.

CANAL	I	II	III	IV	V	VI	VII
1	Fp2 - F4	Fp2 - F8	F4 - C4	F8 - F4	T6 - P4	Cz - T4	F4 - C4
2	Fp1 - F3	Fp1 - F7	F3 - C3	F4 - Fz	P4 - Pz	T4 - T3	F3 - C3
3	F4 - C4	F8 - T4	C4 - P4	Fz - F3	Pz - P3	T3 - Cz	P4 - O2
4	F3 - C3	F7 - T3	C3 - P3	F3 - F7	P3 - T5	Pz - T6	P3 - O1
5	C4 - P4	T4 - T6	F8 - T4	T4 - C4	Fz - F8	T6 - T5	F8 - T4
6	C3 - P3	T3 - T5	F7 - T3	C4 - Cz	F8 - F7	T5 - Pz	F7 - T3
7	P4 - O2	T6 - O2	Fz - Cz	Cz - C3	F7 - Fz	F4 - F3	T4 - T6
8	P3 - O1	T5 - O1	Cz - Pz	C3 - T3	T4 - T3	C4 - C3	T3 - T5

Recortávamos os exames de EEG e respingávamos tinta vermelha nos dedos para marcar o papel. Depois de alguns anos recolhi os efeitos dessas impressões.

2

Antes de prosseguir, gostaria de dizer que as imagens organizam o meu estado de ânimo e, ao mesmo tempo, devo dizer que as imagens que produzo ou o processo de sua produção são, mais especificamente falando, um processo de mímeses.

No meu caso a retórica escolhida para seguir devo à minha amiga GS que sempre desejou ler o que escrevo, mas devido a minha insistência em escrever para não ser lida, muito sofreu nesses últimos anos. A ela dedico este livro.

Aos amigos que me ajudaram a criar os materiais para a propagação das vozes dos mortos, os quais, por respeito, não os citarei pelos respectivos nomes, a eles dedico estas considerações iniciais.

No entanto, devo acrescentar que o relato a seguir foi registrado ao vivo, de tal forma que nem sempre poderei cumprir com o prometido, pois ao seguir os acontecimentos, dos mais radicais aos infelizes, na sua confusa linha de tempo, arrisco perda de sentido.

Esforço-me em descrever para vocês um sentimento que me tem, com frequência, atormentado: a necessidade de que o amor seja falado através dos mortos, dos búzios, das cartas de tarô, do I Ching, da astrologia e, também, diversas vezes, da roleta russa. Jogos de adivinhação ou azar.

Um jogo pode ser um esporte –treinamento / repetição – algo para passar o tempo. No entanto, a roleta russa é um jogo de vida ou morte, um não treinamento é aconselhável devido aos riscos inseridos na sua prática.

Práticas milenares de adivinhação têm me ajudado a passar os dias: bem-me-quer, mal--me-quer, par ou ímpar, pera, uva, maçã ou salada mista, pedra, papel, tesoura. No meu caso, a autodeterminação seria um guia, fluido, é certo, uma direção a seguir nas repetições e variações dos jogos. Mas, um dia, me encontro sentada olhando a parede creme do prédio vizinho através da janela do meu quarto. Não saberia dizer a vocês (vocês = eu) o que me levou a esse estado de desânimo, mas posso dizer que quando escolhi as artes da adivinhação, pressupus um infinito de felicidade.

Não quero dizer com isso que esses jogos sirvam para vocês passarem o tempo, no entanto, eles me permitem chegar à Sicília. Na verdade, à Nápoles. Na verdade, chegar à minha amiga que ama Nápoles e às suas íntimas considerações sobre a verdade, considerações muitas vezes extenuantes. No entanto, nas dúvidas do amor, as artes da adivinhação são uma esperança.

Quando eu vejo um filme ou escuto um programa na rádio que me faz considerar um novo ponto de vista, incluo a sua descrição ou transcrição imediatamente na sequência do parágrafo.

Claudine diz não se importar.

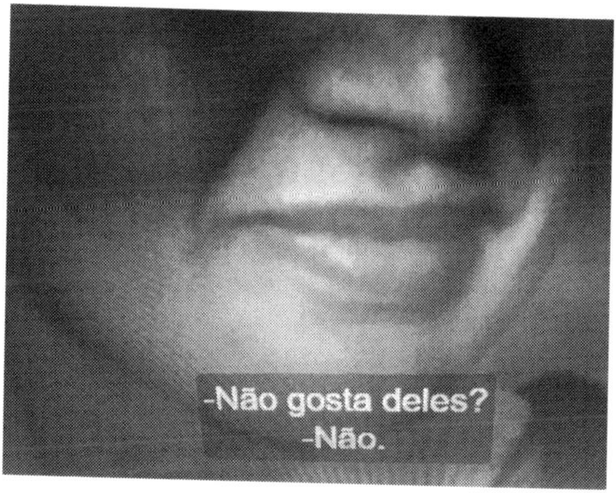

Você é feliz?

Quando os mortos falam, os vivos escrevem palavras e fazem perguntas, muitas perguntas. Um treinamento é necessário para a adivinhação das frases inacabadas. Um paradoxo se apresenta, uma agitação, uma instabilidade constante. Não podemos dizer (eu ou vocês) o que os mortos pensam, mas o que está escrito:

Fiquei no apartamento. Não saí para comprar comida. Vivi dos alimentos que havia armazenado. As janelas fechadas. Passei, então, às paisagens, aos motivos de flores e montanhas, ao abandono de todos os procedimentos. Um princípio de naturalidade. Uma voz paradisíaca, diria.

Quando quebrei as pernas fiquei sem olfato e paladar. Ao longo dos meses substitui o gosto da comida por texturas: lisa, granulada, rugosa.

O fascismo vê a sua salvação ao alimentar a mitologia do espontâneo.

Tive que parar de vê-lo, o meu rosto doía de tanto sorrir.

Conversávamos por imagens, sensações, intensidades, precisávamos que as fotografias operassem como legendas em meio ao caos. Não saberia dizer.

Eram-lhe necessárias cem sessões de trabalho para uma natureza-morta, cento e cinquenta de pose para um retrato. O que chamamos sua obra não era, para ele, senão o ensaio e a aproximação de sua pintura.

O cheiro de lama e proteína de peixe misturados à água salgada.

– Era minha intenção escrever uma história com personagens, mas não foi o que aconteceu

– O que aconteceu?

– Não sei

– Bom, então escreva: este trabalho é uma colagem autobiográfica.

3

No entanto, uma dúvida me assola. Estaria elevando o tom? Ficaria rouca antes de terminar? Terminaria antes de me perder? Estaria perdida? Como? Qualquer medida executada rapidamente serviria para me acalmar. Enquanto durar a experiência de hidratação capilar, estarei derrapando em desfiladeiros nunca enunciados por mim, uma alma penada. Na verdade, o processo de desencarnar é muito duro, muitas vezes fracassa, posso habitar o limbo durante muitos anos enquanto os efeitos da hidratação capilar não se estabilizar. Mesmo assim insisto. E vejam bem, tenho tempo enquanto durar essa experiência. Sigo as orientações observadas nos livros dos mortos, entretanto, uma alma jovem como a minha, muitas vezes desiste de prosseguir e, mesmo assim, sem recorrer aos patins, chego ao Alasca.

Pinguim. Iglu. Baleia. Urso Polar. Aurora Boreal. Barcos de Pesca. Fico empolgada e resolvo experimentar com os calendários das estações do ano: flores na primavera, folhas no outono, neve no inverno e, finalmente, praias no verão para animar os turistas que habitam as outras estações do ano a visitarem o paraíso.

PARAÍSO

Entramos (eu + você) no terreno arenoso de escrever e pensar e desenhar e mudar e representar e não representar e começar uma história ou rodar um filme ou deixar para depois e começar de novo como se houvesse uma medida justa, um momento de verdade, de lucidez risonha.
– Você realmente acredita que certas paisagens não estão lá?

– Como assim?
– As paisagens dos artistas viajantes.
– Como assim?
– Nas colônias. Os artistas que desenhavam e colorizavam ao catalogar a fauna, a flora e as pessoas.

MOTIVOS FLORAIS

Um enorme tobogã, largo, irregular. Pessoas escorregam e se embolam na descida. Um homem de terno largo. Uma mulher de cabelos (pretos) e óculos. O homem de terno está sentado com o seu computador. Ele me dá um caderno de desenho e um lápis. Ele diz escrever obras do século XIX.
Andamos pela casa em direção à saída. Vejo a escultura de uma porca com duas fileiras de porquinhos.
A casa fica no mato, longe do rio. A praia

é do outro lado. Tem um caminho de terra para chegar, uma praia de água e grama. Pergunto à mulher se posso nadar. Do outro lado é fundo.

JOGOS

Não sei bem o que escrever aqui, esse era o título de outro livro. Não importa que jogo eu jogue, sempre será o mesmo jogo. Aprendi com eles. Personagens anônimos. Acabo de me lembrar dos motivos florais, das chitas de cores azul, amarela, vermelha, verde com combinações que derivam em rosa e roxo. Um pano de fundo. Isso eu consigo imaginar. Não prossigo sem imaginar. Digamos, ver. Ver é uma forma de pensar e imaginar e ver, aliás, tudo acontece ao mesmo tempo com as palavras também. A datilografia automática tem me ajudado nisso. Alma penada seria uma questão de peso e medidas, talvez de proporções, uma espécie de entrecruzamento moral. Estou triste. Mas foi o prometido. Nada confessional, íntimo, lustroso, saboroso. Prefiro assim. As almas penadas não têm muito a oferecer. No entanto, estive lendo as anotações do Darwin, quando ele veio à América do Sul. Como passatempo eu poderia contar o que li. São poucas páginas e poderia acrescentar umas fotografias. Entendo que muitas pessoas gostam da emoção do tobogã. Aliás, o meu avô era jogador de canastra paraguaia, talvez daí o meu amor pelo perigo.

VÍCIO

Eu sei, eu sei, eu sei. Contudo tenho que dispor os materiais e peço a vocês paciência. Esse é o meu vício. Por exemplo, lembrar de uma pintura do romantismo em que vemos um homem de costas, com um paletó ou casaca, no alto de uma montanha. Acho uma pintura ruim, mas ela é muito popular. Um homem que olha para o vazio. Uma silhueta. As almas penadas não têm sexo, nem tempo, nem história ou cidade. Elas penam para ganharem um pouco de consistência em vez de aproveitarem a imprecisão. Não sei bem o que isso quer dizer, mas me parece um futuro. Algo como uma impressão digital. Uma direção ou porto, como escrevem os românticos. O meu vício é embaralhar o que quer que seja. Ao recusar qualquer exercício que me serviria como âncora, fico à deriva, norteada por imagens românticas que afloram como água dos meus dedos. Enfim, uma desgraça. O vício é uma desgraça.

DARWIN

Depois de haver retrocedido duas vezes ante a fúria de violentos temporais de sudeste, o navio BEAGLE, um brigue de dez canhões, comandado pelo capitão Fritz Roy, fez-se ao largo de DEVONPORT no dia 27 de dezembro de 1831.

TRIGÊMEOS

É uma casa. A irmã da moça diz para o casal que eles terão trigêmeos. A irmã da moça diz para a moça que ela vai ter uma filha. A moça diz para o casal não sabia que vocês tinham chegado.

DESLOCAMENTO

No seu livro, Claudine propõe um uso modesto e rigoroso da narradora. A personagem incorporaria as suas visões do futuro, as

suas previsões sobre o amor. Uma personagem seria uma pessoa ou algo assim ou a menos.

Outro dia, personagens conversavam em um bar. Pareciam muito reais. A câmera filmava de muito perto as personagens que se aglomeravam em um plano sem figura ou fundo.

TURISTA

Claudine me aconselha a criar um arcabouço não revelado para os leitores, um guarda-chuva, um guarda-chuva com chave e segredo. Tenho dúvidas sobre segredos. Esqueço todos. Escrevo as minhas senhas em papéis que colo na parede com fita crepe.

Claudine fala como o homem do casaco preto no deserto. A sua voz ecoa o deserto. Esses foram os seus conselhos.

TURISTA 2: Claudine me aconselha a pegar um cargueiro, ir para uma ilha, navegar em alto mar, atravessar o deserto e me trancar em uma biblioteca, tudo ao mesmo tempo. Mudança de paisagem ou motivos, conclui. Anos mais tarde (temos calendário nesta narrativa) – sou uma formalista que acredita no amor.

4

Aí está.

Claudine chega ao ATACAMA. No ATACAMA tem (muitos) satélites. Claudine cria uma emissão de rádio. Os satélites propagam as palavras de Claudine pela AMÉRICA LATINA. Claudine mixa sons fortes e distantes: 27 nascentes do vulcão EL JORULLO, variações sonoras do dia 31 de dezembro de 2021 (praia de COPACABANA),

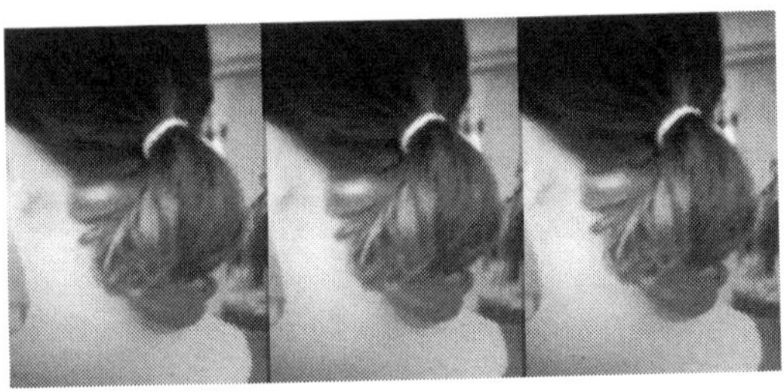

38 cantos de pássaros da MATA ATLÂNTICA, vozes de crianças no recreio nos dias

ímpares do mês de março de 2022, vendedores de medicamentos nos programas de televisão evangélicos (dezembro, 2019), gralhas da AMÉRICA DO NORTE (variação temática I), sonoridades dos 372 tipos de flores do tempo perdido (variação temática II).

Procedimentos sintéticos, matemáticos, científicos eram bem-vindos no processo de coleta de dados. Controle de variáveis, abrangência temática, representativa também.

– Você estava sozinha durante essas viagens?

– Não, tinha a equipe, andávamos na mesma direção, mesmo assim foi difícil escolher uma locação para os eventos. Precisávamos de territórios, geografias, florestas, vulcões, bicicletas. Trajetórias e um contexto, por exemplo.

– Ontem assisti a uma ficção científica futurista.

– Ficções científicas são futuristas?

– Não sei, mas MÉRCURIO S.A. é um ótimo título para um aplicativo de SAFE LOVE (AMOR SEGURO).

– Como assim?

– Com questionário. Você escolhe a cor dos olhos – olha a fotografia – escolhe os livros, os sonhos, a data de nascimento. Alguns aplicativos oferecem um treinador que te habilita a construir, realizar,

desenhar um perfil 100% seguro, sem acaso, escolher alguém que te emocione, que te transmita conforto e segurança. Um enquadramento perfeito. Parâmetros prefixados asseguram um bom resultado. Sempre haverá um resultado, pois existem parâmetros. Ao criarmos coordenadas, linhas geográficas, criamos um SAFE LOVE. Um mundo imaginado, sem problemas, é uma visão segura do mundo, abstrata, uma abstração. Um mundo abstrato pode ser uma ficção científica.

– Tem sangue nas ficções científicas?

– Não sei, mas muitas ficções incluem gravidade, calendário, cenário, figurino etc.

– Quando você se interessou por esses jogos?

– Desde criança, achei que havia um futuro para esse tipo de mídia, uma forma de narrativa. Queria usar a tecnologia para interagir, criar experiências.

– Jogos interativos?

– Sim, por exemplo, agora estou trabalhando em um jogo de cooperação entre jogadores, quatro, seis jogadores.

– O que te influenciou nesse trabalho?

– De onde tiro inspiração? Joguei RPG durante muitos anos, como o FINAL FANTASY (FANTASIA FINAL), que são jogos baseados em narrativas, cinematográficos,

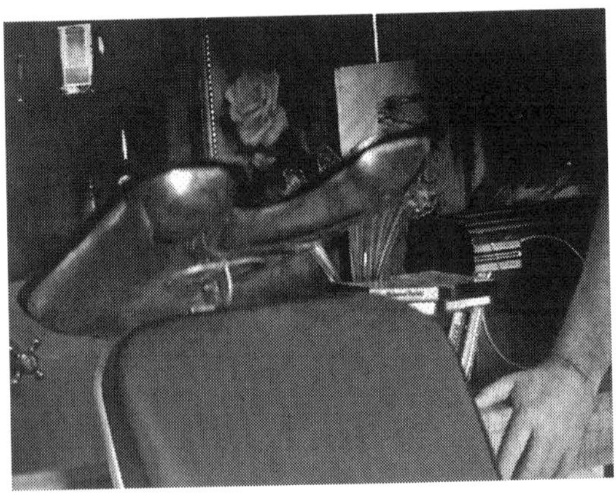

quase como os filmes que assistimos. Mais tarde, no secundário, no colégio, os jogos eram mais como os jogos de arte, que são diferentes, às vezes nem tem combate, algumas pessoas dizem que nem são jogos, que depende da tua definição de jogo. Acho que o ponto chave é se um jogo tem ou não condições claras de vitória. Muitos jogos de arte não têm um vencedor ou perdedor, são apenas experiências interativas. Por exemplo, um dos jogos era uma jornada em que você perambulava pelo deserto, lidando com situações, tentando alcançar uma montanha. Alcançar essa montanha pode ser a condição para a vitória ou o final da história.

– Só isso?

– Sim, só isso.

Agradecimentos

Fred Coelho, a quem devo o início deste projeto.

Adriana Maciel, Ney Valle, Raïssa de Goés e Tite de Lamare pelas leituras e releituras.

Yan Largman, pelo carinho e conversa sobre o seu trabalho em criação de jogos. Trechos desta conversa foram reproduzidos nas páginas 45, 46 e 47.

Autores citados / autora citada

David Antin, Walter Benjamin, Charles Darwin, Jean-Luc Godard, Maurice Merleau-Ponty, Yasujiro Ozu, Nathalie Quintane e Alexander Kluge.

As imagens presentes neste projeto foram produzidas a partir dos seguintes arquivos audiovisuais

_ Acervo do Instituto Moreira Salles
Retrato de D Pedro II, Marc Ferrez, 1885 circa
Rio de Janeiro, Paço de São Cristóvão

_ Acervo do Google

_ Acervo pessoal

_ About some meaningless events, Mostafa Derkaoui, Marrocos, 1974

_ O marido da cabeleireira, Patrice Leconte, França, 1990.

_ Os irmãos e irmãs da família Toda, Yasujiro Ozu, Japão, 1941

_ Notebook on cities and clothes, Wim Wenders, França e Alemanha Ocidental, 1989.

escritasperformáticas

Reunimos, sob este selo, textos que se encaixam na ideia de Escritas performáticas desenvolvida por Lia Duarte, Raïssa de Góes e Adriana Maciel. Textos que expandem os contornos dos sentidos, que escavam a linguagem, textos que deslocam, a nós, leitores, nos fazendo dançar sobre o terreno da inconstância, alterando a noção de escuta e nossos equilíbrios delicados. Escrita performática – entre a tinta e o papel, o gesto que se dá sobre e sob as superfícies extensas da ficção, aquela que se faz na dissonância, as narrativas em dissenso. Um modo de ocupação de espaços, de escavação de sentidos, um modo de leitura.

LIVROS DO SELO

À esquerda, Nina
Lia Dumo

Hidratação
Valeria Campos

Cair até inventar onda
Caio Riscado

COORDENAÇÃO ESCRITAS PERFORMÁTICAS
Adriana Maciel
Lla Duarte Mota
Raïssa de Góes

EDIÇÃO
Adriana Maciel

PRODUÇÃO EDITORIAL
Jul

PROJETO GRÁFICO
Dupla Design

Campos, Valeria
Hidratação / Valeria Campos.
Rio de Janeiro : Numa Editora, 2023.

ISBN 978-65-87249-97-1

50 p. : il. ; 13cm x 18cm

1. Poesia brasileira I. Título.

23-163273 CDD - B869.1

Elaborado por Eliane de Freitas Leite - Bibliotecária - CRB 8/8415

Índices para catálogo sistemático:
1. Poesia : Literatura brasileira B869.1

contato@numaeditora.com
@numaeditora
numaeditora.com

Para Edgard Campos,
Gilda Moura e
Lourdes Reveilleau.